跟着诗词去旅行

帝都风云

最是一年春好处，绝胜烟柳满皇都。

白鳍豚文化 著

中国致公出版社　知音动漫

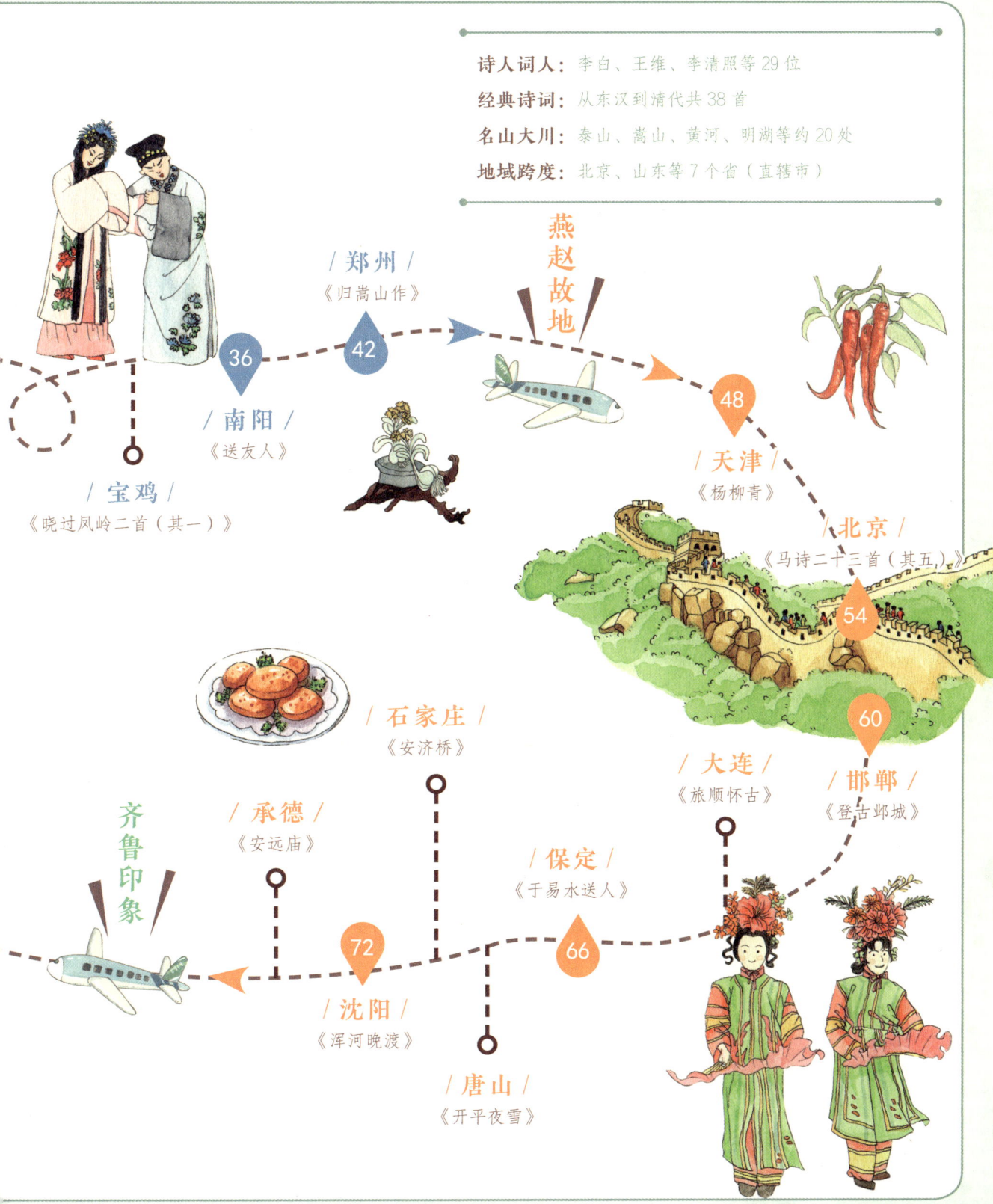

◆ 诗词通关宝典 ◆

如果你喜爱诗词，书里有200多首经典诗词等你吟诵，更有沁人心脾的美文带你邂逅诗词之美。

◆ 旅行研学攻略 ◆

想来一场说走就走的旅行？没问题，88个城市攻略，从长江到黄河，从高原到海岛，定制研学目标和路线，让你在行走中增长见识。

◆ 趣味知识百科 ◆

天下第一行书是什么？《西游记》中的唐僧真有其人吗？趣味知识，名人故事，科学现象……让你变身知识达人！

本书的多样玩法

还能当做一本作文素材书，旅行打卡清单……

更多功能等你解锁！

使用说明

1. 用微信扫描二维码，关注公众号。
2. 后台回复城市名，如回复"北京"，即可获得音频。

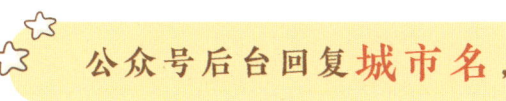

公众号后台回复**城市名**，获取音频答案

西安：讲一讲玄奘法师的故事。

咸阳：汉武帝刘彻一生有哪些功绩？

洛阳：中国四大石窟是哪四座？

安阳：你知道商朝是如何覆灭的吗？

郑州：中国宋代四大书院是哪四座？

天津：你知道天津有哪些传统手工艺品？

北京：你知道哪些和长城有关的典故？

邯郸：你还知道哪些发生在邯郸的成语故事？

曲阜：你认为祭祀孔子的意义在哪里？

开封：你知道《清明上河图》画了些什么吗？

南阳：为什么南阳发现了大量恐龙蛋？

保定：你如何看待清政府签订的不平等条约？

沈阳：你知道哪些活跃在东北抗日战场上的人物？

济南：老舍在济南创作了哪些作品？

泰安：你读过哪些描写泰山的诗歌？

青岛：你知道崂山有哪些美丽传说？

大连：给大家介绍一下大连的风土人情吧！

烟台：一起来烟台感受一下蓬莱胜景！

唐山：提到唐山你们会想起什么呢？

承德：一起来承德感受一下皇家园林吧！

宝鸡：小朋友们，你们去过宝鸡吗？

石家庄：一起来了解石家庄这座城市吧！

诗词美文

西安是十三朝古都,大明宫、兵马俑、大雁塔都在这里。人人心中都有一个长安梦,梦里的长安繁华绮丽。韩愈笔下的长安却分外清新,细细几笔就勾勒出一场早春之景。

早春呈水部张十八员外

唐·韩愈

天街小雨润如酥,草色遥看近却无。

最是一年春好处,绝胜烟柳满皇都。

【注释】

1. 呈(chéng):恭敬地送给。
2. 天街:京城街道。

早春的长安淅淅沥沥飘起了雨,这场春雨像酥油一样绵绵密密。渭河上,冰雪消融,河边的柳树上,冒出了细嫩的枝芽,小小的,泛着初生的绿色,在早春的雨中微微颤抖。

我在雨中欣赏这春色,风中还带着寒气,扑面而来。长安的街巷,都被这场春雨盖住了。远看路边的小草,萌发出一层新绿,依稀连成一片。下马细看,却发现裸露的黄土上,多是稀疏的枯黄的荒草,被冬天的雨雪浸泡后隐隐发黑。在枯草里,零星地散布着一些嫩芽,沾了雨以后,湿润朦胧,反而看不出浅淡的绿色了。

枯草和嫩芽交错,春意将发未发,但我知道春天已经来了。带着寒气的早春雨景,正是一年中最美的时候,远远胜过绿柳满城的晚春。你我何不一起走出宅院,去欣赏这清新的早春呢?

研学攻略

研学目标: 游览西安名胜古迹,感受十三朝古都的风采。

1 参观秦始皇陵

秦始皇陵规模宏大,气势雄伟。陵园布置仿秦都咸阳,著名的兵马俑就位于皇陵东,它的发现被称为"20世纪最重要的考古发现"呢!

> 秦始皇陵是怎么被发现的呢?

> 玄奘法师西行取经的事迹被加工成了哪部小说?讲讲他的故事。

2 游览大雁塔

学成归来的玄奘法师在慈恩寺西苑仿建了印度雁塔,这就是赫赫有名的大雁塔。大雁塔是唐朝科举学子的圣地,白居易曾在大雁塔题诗,为自己是新科进士中最年少者而得意。

3 去陕西历史博物馆了解历史

丰富的文化遗存，深厚的文化积淀，形成了陕西独特的历史文化风貌，被誉为"古都明珠，华夏宝库"的陕西历史博物馆则是展示陕西历史文化和中国古代文明的艺术殿堂。

4 观钟鼓楼夜景

钟鼓楼是西安的地标建筑，包括钟楼和鼓楼。夜幕降临，钟鼓楼上的彩灯亮起，恍惚中，好像回到了千年前的长安元宵日呢！

5 回民街里品美食

位于钟鼓楼背后的回民街云集了各色小吃，是探访西安民俗饮食的好地方。红油滋滋作响的油泼辣子面，清淡可口的羊肉泡馍，共同演绎秦陇菜的味蕾传奇。

腊牛羊肉

羊肉泡馍

油泼辣子面　秦镇米皮

◆ 拓展阅读 ◆

过华清宫

唐·杜牧

长安回望绣成堆，山顶千门次第开。
一骑红尘妃子笑，无人知是荔枝来。

诗词美文

咸阳位于长安西北,渭水北岸,它见证了秦始皇征伐诸侯,扫荡六合,统一四海的丰功伟绩,也见证了王维与友人真挚的惜别之情。

送元二使安西

唐·王维

渭城朝雨浥轻尘,客舍青青柳色新。

劝君更尽一杯酒,西出阳关无故人。

【注释】

1. 渭城:即秦代咸阳古城。
2. 浥(yì):润湿。
3. 更尽:再喝干,再喝完。

春日渭城的清晨，天上飘起绵绵的细雨，沾湿了空中的浮尘。旅舍旁的杨柳被雨水浸染，显得更加青翠欲滴，鲜明浓郁。河上溅起了阵阵涟漪。这场春雨将眼前的景色洗刷得如此清新明朗，却洗不净我和元二心中的离愁。

我从长安一路送别，已经到了渭城，不得不挥手作别，却仍然万般不舍。元二奉命出使西域，可安西都护府远在千里之外，出了阳关就再也没有柳绿花红，听不到熟悉的乡音，见不到惦念的朋友，只有延绵的雪山，一望无垠的苍茫大漠，一路上只能与风霜作伴，与沙石为友，长途跋涉，生死难料。

酒喝了一杯又一杯，此次离别，再见不知道何时。就让我们再饮一杯酒吧，朋友。我说不出口的牵挂和不舍，都融在这杯践行酒中。

一路珍重！

研学攻略

研学目标： 参观咸阳历史遗迹，感悟秦汉文化的魅力。

> 汉武帝刘彻一生有哪些功绩？

1 游茂陵

汉朝重视葬礼，帝王陵墓的规格远胜后世。茂陵是其中最大的一座，它埋葬了汉武帝刘彻。一生痴爱宝马的刘彻，授意工匠在他的陵墓里雕凿了各式各样的马，茂陵体现了他一生的功绩和品味。

> 你会给武则天怎样的评价？

2 参观乾陵

乾陵是唐高宗李治和武则天的合葬墓。武则天是中国历史上唯一一位女皇帝。她令工匠在自己的墓前立碑，要求不书功绩，好让后世自行评价她的功过，这就是有名的"无字碑"。

> 咸阳还有哪些著名的陵墓？

3 看昭陵六骏

昭陵合葬了唐太宗李世民与长孙皇后,并有长孙无忌、程咬金等能臣名将的陪葬墓。昭陵石刻优美,其中昭陵六骏石刻图吸引着无数游人。

4 到博物馆观玉雕

咸阳市博物馆收藏了大量秦汉文物,出土的汉朝文物玉仙人奔马,玉仙人风度超逸,玉马身姿矫健,是不可多得的玉雕精品。

5 咸阳美食之旅

古人关于食物烹调的智慧无穷无尽。咸阳不适宜种植水稻,南方小贩把年糕带到咸阳贩卖。卖不完的年糕经过烹炸,摇身一变,成为今天的"蓼花糖"。

乾州锅盔

渣酥

三原蓼花糖

◆ 拓展阅读 ◆

观猎

唐·王维

风劲角弓鸣,将军猎渭城。
草枯鹰眼疾,雪尽马蹄轻。
忽过新丰市,还归细柳营。
回看射雕处,千里暮云平。

诗词美文

洛阳是唐朝的东都城,开元年间,以山水为家、四方游历的李白来到了洛阳。春夜一阵笛声渐起,这悲伤的折柳曲让狂放不羁的诗仙心里也多了几许乡愁。

春夜洛城闻笛

唐·李白

谁家玉笛暗飞声,散入春风满洛城。

此夜曲中闻折柳,何人不起故园情。

【注释】
1. 暗飞声:声音不知从何处传来。
2. 折柳:即《折杨柳》,笛曲。

万家灯火渐熄，夜静悄悄的，四下无人，我独自酌了一杯小酒，难以入睡。恍惚间，我听见似有似无的笛音，正穿过这浓重的黑夜，渐渐地清晰起来。笛声婉转而起，悠远绵长，细微如丝。更深露重，只有一轮明月高悬空中，婉转的笛音在这万籁俱寂的洛阳城里，随着春风四散开来。

　　夜色更甚，笛声也渐渐变得呜咽、低沉，好像传递着悲伤，思念着家乡。原来是一首折柳曲。到底是谁会在此刻吹笛？他是否跟我一样孤身在外？这首《折杨柳》是否也暗合着他的心境？

　　这首感人肺腑的曲子，激荡着每个游子的心，谁在这笛声里不会萌发出乡愁呢？云游在外，前途迷茫的黯然、仗剑漂泊的孤零、亲友离世的悲痛，都在这曲声里翻涌出来，让人久久难以平息……

研学攻略

研学目标： 感受洛阳丰厚的历史文化底蕴，了解中国古代宗教艺术。

龙门石窟 — 白马寺 — 国家牡丹园 — 天子驾六博物馆

> 中国四大石窟是哪四座？

❶ 龙门石窟观佛像

龙门石窟建造历时长达四百年，北魏开始，无数能工巧匠将心血投入石窟的雕凿中。这座佛像是唐朝人做的，那个洞窟是宋朝人雕的。夜深人静时，这些佛像会活过来，争论哪朝工匠的手艺更高超吗？

> 白马寺在我国佛教史上有着怎样的地位？

❷ 游览白马寺

在白马寺，除了中国传统建筑风格，你还能看到印度佛殿圆圆的穹顶，缅甸佛殿顶上高高的金塔，泰国佛殿白白的圆柱子。这些佛殿是中外友谊的见证。

３ 国家牡丹园里赏牡丹

洛阳牡丹甲天下，来到洛阳自然不能错过国家牡丹园。在这里，不仅能观赏到珍稀品种"姚黄"与"豆绿"，还能听导游讲一讲唐朝人栽种牡丹的趣事呢！

牡丹有哪些著名的品种？

４ 参观天子驾六博物馆

周朝时，只有天子才能由六匹马拉车，这就是"天子驾六"。天子驾六博物馆保存着世界上最完好的周天子车马坑，是周朝礼乐制度的见证。

５ 洛阳文化之旅

一面书鼓，两把鸳鸯板，只要有茶，哪里都是河洛大鼓的戏园子。古老的洛阳水席，热气腾腾的汤菜，流水般一盘接一盘端上桌。

河洛大鼓　洛阳水席

唐三彩

不翻

◆ 拓展阅读 ◆

赏牡丹
唐·刘禹锡

庭前芍药妖无格，池上芙蕖净少情。
唯有牡丹真国色，花开时节动京城。

诗词美文

"洹水安阳名不虚,三千年前是帝都;中原文化殷创始,观此胜于读古书。"安阳是七朝古都,甲骨文、后母戊鼎在此地被发掘,曹操高陵也坐落于此。

龟虽寿

东汉·曹操

神龟虽寿,犹有竟时;腾蛇乘雾,终为土灰。
老骥伏枥,志在千里;烈士暮年,壮心不已。
盈缩之期,不但在天;养怡之福,可得永年。
幸甚至哉,歌以咏志。

【注释】
1. 竟:终结,这里指死亡。
2. 腾(téng)蛇:一种会腾云驾雾的蛇。
3. 枥(lì):马槽。
4. 烈士:有远大抱负的人。

神龟寿命长达几千年，但终究会有生命结束的一天。能腾云驾雾的神蛇，虽然能穿行天地之间，也总有一天面临死亡，化为土灰。时间永恒，但如流水匆匆逝去。世间万物，谁又能逃过死亡的命运呢？

　　伏在马槽边的千里马虽已年老体衰，却依然怀有着驰骋千里的雄心壮志。有志于建功立业的人，即使年事已高，依然老当益壮，锐意进取，时刻准备报效国家。人的寿命长短，从来不只是由上天决定，调养身心，保持勃勃生机，也可以延年益寿。

　　我何其幸运哪，南征北战，戎马一生，在这个汉室倾颓的乱世，从陈留起兵到平定乌桓之乱，又到官渡之战大胜。一路走来，已经到知天命的岁数了，余下的时间不多了，但我不甘心就此消沉，白白度日。中原已经统一，一统南北的日子也不远了。

研学攻略

研学目标： 了解甲骨文的文字研究史，感悟汉语言文化的魅力。

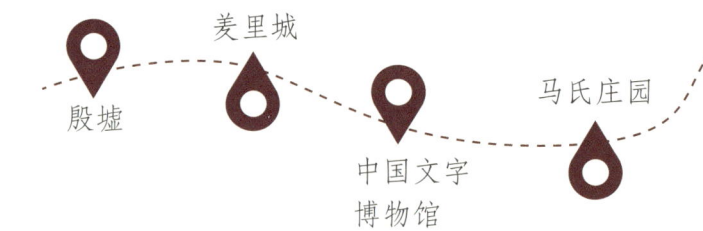

> 后母戊鼎为什么被称为"镇国之宝"？

1 去殷墟看历史

殷是商朝中后期的政治、经济、军事和文化中心。在殷墟，考古学家不仅发现了王城遗址，还发现了中国古代第一位女将军妇好的陵墓。殷墟出土的后母戊鼎享有"镇国之宝"的美誉。

> 你知道商朝是如何覆灭的吗？

2 参观羑里城

羑里城是最早的国家监狱，也是周易文化的发祥地。传说商纣王将周文王囚禁于羑里时，周文王没有丧气，潜心研究创造了周易。"文王拘而演《周易》"成为宝贵的精神财富，影响了一代又一代的文士。

3 到中国文字博物馆观汉字

从象形文字到草书,从甲骨到纸张,中国文字的发展史漫长却精彩不断。来到中国文字博物馆,你将见证中国文字的发展,感受文字之美。

马氏庄园接待过哪些人物?

4 游览马氏庄园

马氏庄园被称为"中原第一大宅",它融合了北京四合院的宽敞,晋商大院的齐整。看,走廊上还挂着五脊六兽,真是别具一格!

麦秆画

5 安阳民俗游

水灵灵的白菜上,趴了两只安静的蝈蝈,这是秦氏绢艺的代表作品"白菜蝈蝈"。一只绢蝈蝈,要历经118道工序,耗费6种绢材才能制成。

三不沾

道口烧鸡

秦氏绢艺

◆ 拓展阅读 ◆

送熊九赴任安阳
唐·王维

魏国应刘后,寂寥文雅空。
漳河如旧日,之子继清风。
阡陌铜台下,间阎金虎中。
送车盈灞上,轻骑出关东。
相去千馀里,西园明月同。

诗词美文

北宋的汴京开封繁华富庶,汴河上船只往来不绝,八荒争凑,万国咸通。汴河两岸的新年气象更是别有一番热闹之景,让王安石也挥毫赋诗呢!

元日

宋·王安石

爆竹声中一岁除,春风送暖入屠苏。

千门万户曈曈日,总把新桃换旧符。

【注释】

1. 元日:农历正月初一,即春节。
2. 屠(tú)苏:指屠苏酒,以驱邪避瘟疫。
3. 曈曈(tóng):日出时光亮而温暖的样子。
4. 桃:桃符,用来压邪。

噼里啪啦的爆竹声不绝于耳，预示着旧的一年已经过去，和煦的春风里，迎来了新的一年。温暖的太阳升起，照耀着家家户户的门庭。

汴京城里到处洋溢着过年的喜庆氛围，汴河两旁挂上了写着祝祷词的红灯笼，城南城北都搭彩棚、铺玩货、集四海的珍品奇货大声叫卖，围观叫好的行人络绎不绝。舞龙舞狮的箫鼓声震耳欲聋，和鞭炮声齐鸣。车马交驰行驶在路上，各国使臣竞相到汴京城来贺。

街道两旁的庭院已经打扫一新，窗明几净，贴上了木版年画，门上挂着钟馗。门旁钉上了画着神兽的新桃符，桃符上写着祝祷词。庭内摆上祭桌，桌上置有柏、柿、橘，讨个"百事吉"的好兆头。人们都穿着喜庆的新衣，举杯相敬屠苏酒，互祝来年顺遂。

新的一年，新的希望，朝野内外想必也会有一番新的气象了。

研学攻略

研学目标： 寻找开封城中的汴京遗迹，感悟开封名人的忠义精神。

清明上河园　开封府　宋都御街　龙亭公园　开封鼓楼夜市

1 游清明上河园

步入清明上河园，恍若步入北宋画家张择端的《清明上河图》，码头前挤满了木船，街边的"宋人"展示古老的汴绣。你看，前方的人群正在观赏宋人最爱的娱乐活动——斗鸡。恍惚间真像回到了北宋的汴京啊！

> 你知道《清明上河图》画了些什么吗？

> 包拯断过哪些案子？

2 参观开封府

包拯是开封的文化符号，他在开封府做官期间，因铁面无私、公正断案获得美名。欧阳修、范仲淹、苏轼等人也在开封府担任过府尹。开封府可谓是宋代法律和官制的缩影。

3 逛宋都御街

北起皇宫宣德门,南达外城南熏门,宋都御街是宋代皇帝出行的必经之路。重建的御街古色古香,行走在其中,如梦回东京,引人遐想。

4 龙亭公园赏景

龙亭公园最早可追溯到唐朝的藩镇衙署,宋朝的大内皇城也在此修筑。而今清朝修建的万寿宫宫殿群覆盖了百年皇城遗迹,亭台依旧,碧水悠悠。

5 游开封鼓楼夜市

开封市历史悠久,宋朝时,开封夜市"直至三更尽,五更又复开"。夜市云集了开封传统小吃,灌汤流油的开封小笼包、桶子鸡、鲤鱼焙面以及双麻火烧都很受欢迎。

开封小笼包

桶子鸡

鲤鱼焙面　　双麻火烧

◆ 拓展阅读 ◆

汴路即事
唐·王建

千里河烟直,青槐夹岸长。
天涯同此路,人语各殊方。
草市迎江货,津桥税海商。
回看故宫柳,憔悴不成行。

诗词美文

南阳孕育了楚汉文化,唐朝的南阳更加繁华,清歌响遏行云,万商云集于此。李白也盛赞南阳"高楼对紫陌,甲第连青山"。只是到了离别的时候,这美景似乎也变得伤感了……

送友人

唐·李白

青山横北郭,白水绕东城。
此地一为别,孤蓬万里征。
浮云游子意,落日故人情。
挥手自兹去,萧萧班马鸣。

【注释】
1. 郭:指城外。
2. 蓬(péng):草名,这里喻友人。
3. 兹(zī):现在。
4. 班马:离群的马,指载人远离的马。

连绵的青山在远处矗立着,横亘在南阳城外的北面。清澈的溪流自东而来,环绕着城墙。好友决定在今日离去,我骑着马儿与他并肩而行,送到城外。今日一别,他就像断根飘飞的蓬草一样远去,与我相隔万里,再难相见了。

天上的一抹白云随风飘荡,一会儿就难以找寻。友人来时匆匆,短暂相聚后的离开也是如此突然。不知不觉,昏黄的夕阳正缓缓从远处落下,红红的余晖照耀着这座城市。落日慢慢下沉,好像不忍遽然离开大地。我们恍然惊觉,在此处话别竟然已经这么久了,但这种恋恋不舍、依依惜别的心情依然没有消散。

还是再见吧,友人抓起缰绳轻夹马肚离开了。我向他挥手,目送他远去,他也忍不住回头。座下的马似乎懂得主人的心情,忍不住嘶鸣呜咽,怕是也不愿离开同伴吧!

研学攻略

研学目标： 学习南阳的地理知识，培养保护自然的绿色观念。

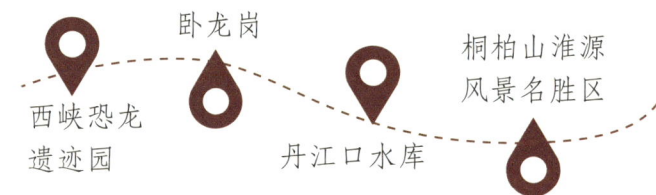

> 为什么南阳发现了大量的恐龙蛋？

❶ 参观西峡恐龙遗迹园

来到西峡恐龙遗迹园，绿草地上的恐龙雕像栩栩如生。顺着小路向前走，来到那个恐龙蛋似的小屋里，一枚枚科考挖掘出的恐龙蛋还保持着刚出土的模样……

> 《三国演义》里写了诸葛亮哪些故事？

❷ 到卧龙岗观古柏亭

位于卧龙岗的诸葛草庐一洗铅华，松柏森森。传说诸葛亮出山前，就在卧龙岗上躬耕。远居深山，他的才名却跨越山林，传到了刘备的耳中。这才有了后来《三顾茅庐》的故事。

3 游览丹江口水库

丹江口水库横跨鄂豫两省，水面平静无波，在蔚蓝的天空的映衬下宛若一块蓝宝石。著名的"南水北调中线工程"从这里出发，把南方的流水引向北方，缓解北方水资源短缺的困局。

4 登临桐柏山

南北方地理分界线为一河一山，河是淮河，桐柏山是淮河的发源地。它兼具南北两方神韵，可与华山比险，可与黄山竞秀。

5 南阳特产之旅

南阳是中华玉乡。据说故事《完璧归赵》里的"和氏璧"就是由南阳独山玉制成的。但南阳让人记挂的，不止是玉，还有胡辣汤、油茶、新野燠子……鲜香是南阳永恒的食谱密码。

新野燠子　南阳玉雕

油茶

胡辣汤

◆ 拓展阅读 ◆

游南阳白水登石激作

唐·李白

朝涉白水源，暂与人俗疏。
岛屿佳境色，江天涵清虚。
目送去海云，心闲游川鱼。
长歌尽落日，乘月归田庐。

诗词美文

郑州境内松柏森森的嵩山,是王维归隐之地。王维性好清静,更爱鸟鸣空山。归隐嵩山的途中,他怀着闲适、从容的心境写下了这首淡然悠远的诗。

归嵩山作

唐·王维

清川带长薄,车马去闲闲。
流水如有意,暮禽相与还。
荒城临古渡,落日满秋山。
迢递嵩高下,归来且闭关。

【注释】
1. 嵩(sōng)山:中岳,地处河南郑州登封市。
2. 薄:草木丛生之地。
3. 闲闲:从容自得的样子。
4. 迢(tiáo)递:遥远的样子。

清澈的河水蜿蜒流淌，映照着河岸边丛杂的草木。太阳慢慢沉下去了，飞鸟也准备归巢了，四周静谧无人。我闲适地拉着缰绳驱使着车马前行，不关心今夜是否要在郊外度过。马车摇摇晃晃，发出咯吱咯吱的声音，流水和飞鸟听出了我的心声，欣然应和我。

　　前方，古渡口孤独地伫立在河边，废弃的渡船在岸边孤零零地飘摇，清可见底的河水激起波浪，轻轻拍打着岸边。渡口旁边是一座城市，缺了一角的城门是打开的，城里冷冷清清，原来是座废弃的荒城。夕阳西下，暖黄色的光照在秋天的山上，黄色的落叶随着秋风纷纷落下。一阵秋风吹过，带来几丝凉意。

　　离开了长安，马上就要归隐嵩山。在那遥远又高峻的嵩山脚下，我将闭门谢绝世俗，安度晚年。想到这里，我心里闲适而从容，眼前的景色也更加清幽，令人愉悦。

研学攻略

研学目标： 了解郑州的"天地中"文化，思考中国文化如何"走出去"。

> 你在哪些影视剧中了解过少林功夫？

 游览少林寺

"天下武功出少林"，少林寺总能激起武侠爱好者最狂热的幻想。少林寺不止有功夫，还是佛教禅宗的祖庭。禅宗祖师达摩曾在少林寺后山面壁静思，"达摩面壁"也成为佛教史上脍炙人口的故事。

> 你知道宋代四大书院是哪几座吗？

❷ 访嵩阳书院

嵩阳书院被誉为儒家文化的"标本"。书院保持了清朝以前的建筑布局风格，为五进三出的大院落。古代学子仰慕嵩阳书院的美名，以入学嵩阳书院为傲。

3 去黄帝故里寻根拜祖

中华民族共尊黄帝为祖先之一，称自己为炎黄子孙。黄帝故里即华夏儿女寻根拜祖之地。祠前国槐荫荫，松柏参参，象征着炎黄子孙薪火相传，子息繁盛。

4 登上观星台

为进行历法改革，元世祖忽必烈在全国修建天文站和观测点。登封观星台就是当时的中心观测点。天文学家们编制出的《授时历》与现在通用的历法仅相差26秒。

5 郑州地方文化美食游

铿锵大气的豫剧，赢得"东方咏叹调"的美誉。河南梆子和拜祖诗回荡在中原大地。软烂的河南烩面，酥脆的炸鲤鱼，都是无法遗忘的郑州滋味。

豫剧

荥阳柿子

黄河鲤

烩面

◆ 拓展阅读 ◆

途次郑州

宋·寇准

南阳西去见遗基，驻马平郊远树微。
自笑平生无所着，不如山鸟解思归。

世界上唯一一座建在桥上的摩天轮，兼具观光与交通两种用途。

天津之眼

杨柳青博物馆

古文化街

位于杨柳青镇的石家大院，展品集中表现了清末的天津风俗。

有津味儿的商业步行街，街上的著名老字号品牌有果仁张、泥人张等。

天津——快板相声，津津乐道

天津是一座优雅的享乐之城，丰富的曲艺艺术充实了老天津人的闲暇时光。利索的快板，风趣的相声，还有那缠缠绵绵的京韵大鼓，都是天津之声的一部分，传达了独一无二的城市魅力。

诗词美文

"京南花月无双地,蓟北繁华第一城。"作为天子渡口的天津,现在已经成了北方风味的集大成地:泥人张、狗不理、相声、杨柳青……《西游记》作者吴承恩曾游历天津,记录下明朝天津的繁华。

杨柳青

明·吴承恩

村旗夸酒莲花白,津鼓开帆杨柳青。

壮岁惊心频客路,故乡回首几长亭。

春深水涨嘉鱼味,海近风多健鹤翎。

谁向高楼横玉笛,落梅愁绝醉中听。

【注释】

1. 杨柳青:今天津的杨柳青古镇。
2. 莲花白:酒名。
3. 津(jīn)鼓:渡口开船的信号鼓。

春风吹起路边旅店的酒旗,仿佛在大声叫卖莲花白酒。旅店正立在渡口旁边,来往行人络绎不绝,熙熙攘攘。渡口上,船夫忙着戴斗笠、锁缰绳,开船的鼓声"咚咚咚"不停,催促着乘客。

听闻这鼓声,在外漂泊已久的我,想念着家乡,心中涌起了无限的愁绪。多少次历经艰辛奔波在外,去他乡赶考。多少次家人在长亭相送,别离的脉脉,功名不就的心伤,在我心中来回翻涌。回望故乡的方向,仿佛能看到送客的长亭默默伫立,等待着旅人的归来。

春色已深,河水涨起,河中的鱼也已经鲜嫩肥美,杨柳青的酒馆里用香料、中药和高汤,烧制了莲花酥鱼,骨刺酥烂,汤汁浓郁,让来往旅人叫好不绝。这里临近大海,海风呼啸不停,健壮的仙鹤在空中翱翔。

而我已经步入中年,至今没有得到重用,又在这时节听到高楼上传来笛声,只好给自己酌上一杯,在飘落的梅花和无边的愁绪里,借酒消愁了。

研学攻略

研学目标： 了解天津的民俗风情，感悟天津手艺人的钻研精神。

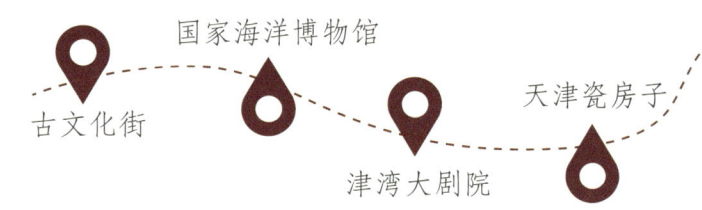

> 你知道天津有哪些传统手工艺品？

❶ 逛古文化街

天津古文化街是天津民俗生活的侧影。色彩艳丽的杨柳青年画，从明朝崇祯起就进入了天津人的生活。活泼可爱的泥娃娃，是道光年间泥人张的手艺。更有美味的天津小吃等着你！

> 你知道中国古代有哪些航海活动吗？

❷ 参观国家海洋博物馆

海洋生物化石高悬，复原的宋代货船静立，现代海洋生物标本更令人目不暇接……真不愧是被誉为"海上故宫"的国家海洋博物馆哪！

3 来津湾大剧院听快板

天津汇集了南腔北调,素有"曲艺大码头"之称,天津快板最为著名。它脱胎于天津时调,表演者通常手持节子板,以诙谐幽默的口吻,将天津故事娓娓道来。

4 赏天津瓷房子

把瓷器嵌入一栋法式百年小楼,这可真是大胆的设想!天津瓷房子以奇特的身姿,吸引万千游客的到来。它被称为一座价值连城的"古瓷博物馆"。

5 天津文化美食之旅

泥人张彩塑的每一个泥人都栩栩如生,惟妙惟肖的神态让人不禁拍案叫绝!但天津还有名头更亮的三绝:狗不理包子、十八街麻花、耳朵眼炸糕。

狗不理包子

泥人张彩塑

耳朵眼炸糕

十八街麻花

◆ 拓展阅读 ◆

少年行二首(其二)

唐·王维

出身仕汉羽林郎,初随骠骑战渔阳。
孰知不向边庭苦,纵死犹闻侠骨香。

诗词美文

北京是唐时的边塞,燕山是北京的屏障。边塞诗常有,而诗鬼之才不常有。诗鬼李贺写边塞,豪壮之中别有一番柔美风情,压抑不住"提携玉龙为君死"的拳拳报国心。

马诗二十三首(其五)

唐·李贺

大漠沙如雪,燕山月似钩。

何当金络脑,快走踏清秋。

【注释】

1. 燕山:北京北部的燕山山脉。
2. 金络(luò)脑:黄金打造的辔头。这里指受到重用。
3. 快走:驰骋。

燕山上挂着一轮弯刀一样的明月，月色澄亮。黄沙遍地，一望无际的大漠如同被皑皑白雪覆盖。戈壁滩上，被风化的石块散落在地。秋风阵阵，吹在身上传来层层凉意。

　　山的那头，是地方藩镇驻地，营地里散布着数万士兵，围着篝火操练。帐篷里是蠢蠢欲动的藩镇将领，在灯下谋划，想要分离大唐，自立为王。

　　外有胡人虎视眈眈，内有藩镇割据四方，中原危急！边塞征战正是良马和英雄大显身手之时，然而，我空有一腔报国之心，却无可奈何。

　　我骑着马走在月下看着边关景色，多希望能受到提携，一展抱负，为国效力。到那时，我一定给座下的马佩戴上黄金辔头，打上最坚固的马蹄铁。我穿上银色的铠甲，一手握缰绳一手举长枪，驾驭着马儿在秋天的战场快意驰骋，所向披靡，削平藩镇，为国立功。

研学攻略

研学目标： 游览北京历史遗迹，学习中国近现代历史，培养爱国主义精神。

> 明朝为什么要从南京迁都北京？

1 游览故宫

故宫被誉为世界五大宫之首。它的建筑体现了中国古代"天人合一"的思想，宫殿罗列如棋盘，皇帝居于中央。位于故宫内部的故宫博物院是中国最大的古代艺术文化博物馆，喜爱艺术的你可一定不要错过呀！

> 找一找书中的四大名园。

2 逛颐和园

颐和园里暗藏了清朝建筑工匠的巧思。昆明湖上的十七孔桥，在黄昏，桥洞会变为金黄色，仿佛有人在桥洞里点了蜡烛。这是为什么呢？原来工匠特意让桥洞与冬至太阳落山的位置垂直，创造了"金光穿洞"的美景。

3 登八达岭长城

长城是我国古代的军事防御工程，始建于春秋战国时期。八达岭长城地势险峻，居高临下，是"天下九塞"之一。现在，长城已成为中华民族的象征，吸引无数游客参观游览。

你知道哪些和长城有关的典故？

4 到天安门广场看升旗

天刚蒙蒙亮，国旗护卫队的士兵已列着整齐的队伍出发。酷热的夏天，严寒的冬天，他们风雨无阻，守卫国旗。

5 北京地方文化之旅

孙悟空、猪八戒、沙和尚……竹签上一个个活灵活现的面人，是老北京手艺人世代传承的骄傲。活泼大胆的用色，和京剧舞台上的脸谱真有相似之处哩！

京剧

捏面人

冰糖葫芦

北京烤鸭

◆ 拓展阅读 ◆

登幽州台歌

唐·陈子昂

前不见古人，后不见来者。
念天地之悠悠，独怆然而涕下。

诗词美文

邯郸孕育了燕赵之风,也孕育了古邺城的繁华。昔日曹操在这里建都,与孙刘成三足鼎立之势。而今邺城遗址依旧在,铜雀台上人已空。诗人岑参登上这邺城遗址,心里又有多少沧桑感慨?

登古邺城

唐·岑参

下马登邺城,城空复何见。

东风吹野火,暮入飞云殿。

城隅南对望陵台,漳水东流不复回。

武帝宫中人去尽,年年春色为谁来。

【注释】

1. 邺(yè)城:今河北省邯郸市临漳县。
2. 漳(zhāng)水:即漳河,流经邺城。
3. 武帝:曹操死后被追尊为魏武帝。

我骑着马，路过古时的邺城，它已经破败不堪，完全没有当年的繁华。下马缓步从台阶登上城墙，城池空空，哪里还有人烟？昔日红砖绿瓦的宫殿，已经积了厚厚的灰，墙角结满了蛛网。城楼上的砖缝里，长出了稀稀疏疏的野草。城楼外，昔日的官道已经看不出车轮的痕迹了，被茂密的杂草覆盖。

而今，在这样一个暮春的傍晚，却只有东风阵阵，野火飘飘，好不凄凉！飞云殿的匾额垂下一半，在空中摇来晃去咯吱作响。我绕着城墙走过一圈，一处偏僻的城角正南就对着铜雀台的方向。当年曹操官渡之战胜利后，筑这铜雀台是何等风光，高楼耸立，走廊曲折，屋檐突起，装饰华丽。日出之时，流光潋滟，屋檐上的铜雀展翅欲飞，而现在已经破败到无人问津的地步。

昔日流经邺城的漳河两岸，不再有熙攘人声，河水滔滔东流一去不回。武帝的宫殿也被废弃，这年年春绿，又是为了谁而回来的呢？

研学攻略

研学目标： 了解邯郸历史文化，掌握与邯郸有关的成语典故。

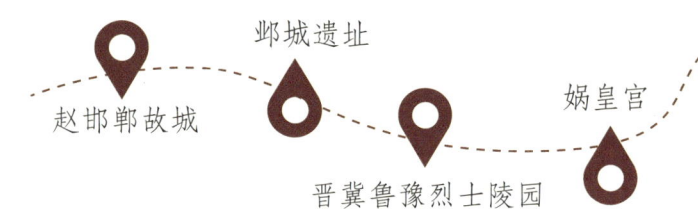

赵邯郸故城　邺城遗址　晋冀鲁豫烈士陵园　娲皇宫

你还知道哪些发生在邯郸的成语故事？

1 参观赵邯郸故城

赵国邯郸是战国后期最著名的大都会之一，它的流行文化风靡各国。赵国流行踮屣舞，有人仰慕踮屣舞的风采，前往邯郸学舞，舞蹈还没学成，已忘了走路的姿势。这就是"邯郸学步"的故事。

你读过曹操写的哪些诗词？

2 游览邺城遗址

"东风不与周郎便，铜雀春深锁二乔。"始建于曹魏的邺城，藏纳了曹操一生所得。邺城分为邺北城和邺南城。邺北城即原曹魏都城，它体现"先规划，后建设"的理念，影响后世。

3 去晋冀鲁豫烈士陵园凭吊烈士

晋冀鲁豫烈士陵园是为纪念在抗日战争中牺牲的晋冀鲁豫边区烈士们修建，这里还埋葬了八路军高级将领左权。

你知道哪些与女娲有关的神话？

4 来娲皇宫听神话

中国神话中，女娲抟土造人创造华夏，女娲是华夏的始祖。娲皇宫始建于北齐，如今已成为宏大的建筑群，被誉为"华夏祖庙"。

女娲

胡服骑射

5 邯郸美食游

邯郸不仅是历史名城，更是一座美食城，爆炒鸡泽辣椒肉片、圣旨骨酥鱼、武安拽面……都让人赞不绝口！

圣旨骨酥鱼

鸡泽辣椒

◆ 拓展阅读 ◆

观猎

唐 · 王昌龄

角鹰初下秋草稀，铁骢抛鞯去如飞。
少年猎得平原兔，马后横捎意气归。

诗词美文

"风萧萧兮易水寒,壮士一去兮不复还。"保定的易水因为荆轲刺秦而扬名天下。后来的诗人途经这里,也常借易水缅怀古人。骆宾王在此送别友人,也长叹燕赵悲歌之气呢!

于易水送人

唐·骆宾王

此地别燕丹,壮士发冲冠。
昔时人已没,今日水犹寒。

【注释】

1. 易水:位于今河北保定易县的一条河。
2. 发冲冠:形容人极端愤怒。
3. 没:死,即"殁"字。

天空灰蒙蒙的，阴沉得让人压抑，寒风裹挟着奔腾翻涌的易水，席卷而来。萧瑟的秋风中，我穿着单薄的衣服，在易水边送别友人。千年前的燕太子丹，就是在这里送别刺客荆轲的。荆轲受太子丹的委托出发去咸阳，在秦大殿之上，刺杀被重重禁军保护的秦王。这是一条注定有去无回的路，荆轲怀着豪壮勇敢和无畏的精神，去做一件注定献出生命的事情。

　　我仿佛看到他跟朋友们作别，怒发冲冠，好友高渐离击筑，众人齐唱悲歌，悲壮、激愤弥漫着整个易水。壮士一去不复还，昔日的英雄豪杰已经逝去。今天的易水却像以前一样凄清寒冷。我也感到一丝心灰意冷，抱负难以实现，心中无限愤懑，日后没有你的聆听，也不知道向谁诉说了。

　　古有荆轲刺秦，虽功败垂成，但壮烈之士从未因此停下脚步，他们慷慨激烈，豪气冲天，前仆后继，继续前人的事业。我们大概也能慰藉一二吧。

研学攻略

研学目标： 学习与保定有关的近现代史，树立爱国主义精神。

> 白洋淀三宝是哪三宝？

1 游览白洋淀

白洋淀囊括了海河流域143个大小淀泊。它风光秀美，清朝皇帝曾在白洋淀修筑四大行宫。它也是革命老区，活跃在白洋淀的抗日游击队有说不完的故事，《小兵张嘎》就是其中一个。

·仙鹤·

·曾国藩·

> 你如何看待清政府签订的不平等条约？

2 参观直隶总督署

直隶总督署见证了中国的近代史，李鸿章在任内，代表清政府签订了丧权辱国的《中英烟台条约》。如今这里开放为旅游景点，但它的存在依旧告诫我们——勿忘国耻！

3 登临大慈阁

"不到大慈阁，何曾到保定。"大慈阁是古城保定的象征。阁内有十八罗汉画像。登临大慈阁，还可将保定群山尽收眼底。

4 去保定陆军军官学校忆光辉岁月

保定陆军军官学校活跃在中国近代的舞台，叶挺就在此度过了自己的青春岁月。来到校舍前，依稀又触碰到那曾经激荡在青年叶挺胸膛里的热血……

5 保定美食文化之旅

中国皮影离不开保定。早在明朝，保定就形成了两种皮影戏：老虎调和涿州皮影。保定还有随处可寻的驴肉火烧，烤出焦香的火烧夹入鲜美的驴肉，成为名副其实的保定名吃。

高碑店豆腐丝

满城寸跷

驴肉火烧

涿州皮影

◆ 拓展阅读 ◆

渡易水

明·陈子龙

并刀昨夜匣中鸣，燕赵悲歌最不平。
易水潺湲云草碧，可怜无处送荆卿！

诗词美文

浑河是沈阳的母亲河,见证了沈阳千年沧桑的历史,也催生出"沈阳八景"的美丽风光。"浑河晚渡"正是"沈阳八景"中最诗情画意的那一幕。

浑河晚渡

清 · 戴梓

暮山衔落日,野色动高秋。
鸟下空林外,人来古渡头。
微风飘短发,纤月傍轻舟。
十里城南望,钟声咽戍楼。

【注释】
1. 衔(xián):用拟人手法写太阳将落未落的情景。
2. 戍(shù)楼:边防驻军的瞭望楼。

夕阳的余晖染红了大地，山峦被镀上了一层红色的柔光，落日像被山峰衔着一样，慢慢向西沉去。旷野上的景色浸染了秋天的味道，干净清爽。

飞鸟在空旷的树林外徘徊，古渡口上，运货的商船来来往往，大小船只成百上千，河水在夕阳的映照下，显得波光粼粼。上下商船，到处是来往卸货的忙碌身影。

渡口北岸说书唱戏的、打把式卖艺的、卖土特产的，热闹无比，俨然是一个集市，为这个幽静的秋日增添了几许生活气息。

微风吹拂，掀起我头上的乱发，太阳将落未落，天空的另一边已经有一轮月牙儿升起，傍着轻快如箭的小舟一起行走。

十里之外的城南坐落着边防驻军的瞭望楼，楼上传来依稀的呜咽钟声，在这个秋天的傍晚和着渡口的声音，显得分外低沉。

研学攻略

研学目标： 感悟多元民族文化，了解沈阳的近代史，树立爱国观念。

- 沈阳故宫
- "九一八"历史博物馆
- 清昭陵
- 沈阳铸造博物馆

> 哪个朝代的两个帝王曾定都沈阳？

❶ 逛沈阳故宫

沈阳故宫的建筑富有满族特色。现存于沈阳故宫的十王亭，结合了汉族亭台与满族账殿的建筑风格，一方面体现了当时的"八旗"制度，一方面又反映了满族从"马背上"向"田园里"转换的过程。

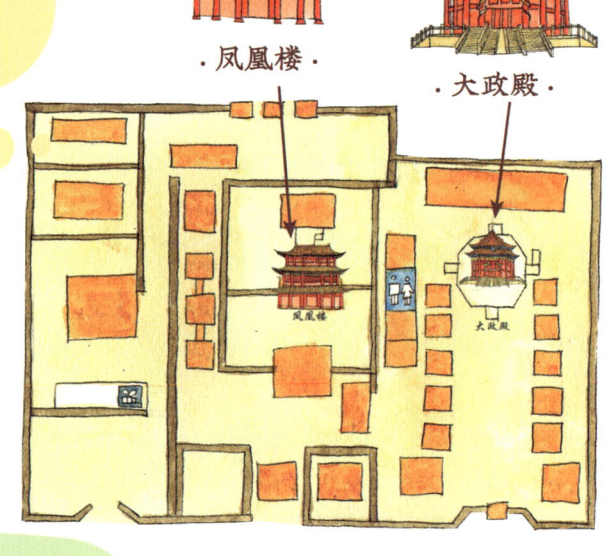

·凤凰楼·　　·大政殿·

> 你知道哪些活跃在东北抗日战场上的人物？

❷ 参观"九一八"历史博物馆

1931年9月18日，日本法西斯侵略中国，东北三省相继沦陷。这场侵略战争给中国人带来的惨痛记忆，也许能从"九一八"事变纪念碑上窥见一斑，布满弹痕的花岗岩立体台历，无声控诉着曾经发生的血泪史……

③ 游览清昭陵

清昭陵是清朝皇帝皇太极与皇后的合葬墓，陵墓兼具满族特色与汉族元素，是中国保存最完好的帝王陵墓之一。

④ 到沈阳铸造博物馆观工艺

沈阳铸造博物馆是沈阳工业文化遗产。博物馆里，工人仍在复原当年铸造厂的铸造工艺。

⑤ 沈阳美食之旅

当东陵红树莓把山野染成红色，酸菜的制作也开始了。新鲜白菜经过40天密封发酵成为酸菜，端上东北人的餐桌，和血肠、白肉一起，温暖整个白雪皑皑的冬天。

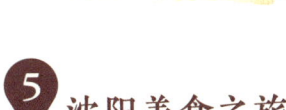

老边饺子

满族秧歌

白肉酸菜血肠

东陵红树莓

◆ 拓展阅读 ◆

秋日望昭陵

清·苗君稷

龙蟠翠巘郁岧峣，路夹苍松白玉桥。
十二羽林严侍卫，风嘶铁马白云霄。

诗词美文

济南号称泉城,风光秀丽,涧谷潆回。济南也是词人李清照的故乡,当她忆起故乡往事,泛舟游玩时,她也常沉醉于这碧波晚照、风起荷香的美景里。

如梦令·常记溪亭日暮

宋·李清照

常记溪亭日暮,沉醉不知归路,

兴尽晚回舟,误入藕花深处。

争渡,争渡,惊起一滩鸥鹭。

【注释】

1. 常记:时常记起。难忘的意思。
2. 争渡:争与怎相通,如何的意思。

时常记起那个夏日的傍晚，我泛舟去溪边凉亭赏景，流水潺潺，驱走夏日的暑气。碧水清波中，生长着一塘荷花，鱼儿在水下嬉戏。我划着小舟摇摇晃晃，从溪上拱桥穿过，木桨荡起潋滟的水纹，水上到处都漂浮着碧绿的荷叶，层层叠叠，荷叶上溅起的水珠晶莹剔透，沁人心脾的荷花亭亭玉立，在绿叶的簇拥下，迎着晚风悄然绽放，微风中送来荷香，让人陶醉。

　　我不知不觉来到荷花深处，沉醉在这溪边美景里，不由得哼起轻快小调。尽兴玩耍之后发现已是傍晚日落时分，水面也染上了晚霞的颜色，想返家时被接天的荷叶和荷花遮蔽了来路。

　　我该怎么划着小舟过去呢？只好随性地摇着木桨，拨开莲层，却惊扰了在浅滩上歇息的鸥鹭，它们争先恐后地拍打着翅膀从浅滩飞起，惊慌地鸣叫着，徒留碧波荡漾，真是有趣极了！

研学攻略

研学目标： 游览济南的自然风光，感悟人与自然和谐相处的绿色发展观。

> 老舍在济南创作了哪些作品？

1 游览趵突泉

趵突泉为济南"七十二名泉"之首，它是济南的象征。看，那翻涌的雪涛；听，那隐雷般的动响，哪一位游人会错过它呢？难怪古人称它"云雾润蒸华不注，波涛声震大明湖"。

> 猜一猜蛙不鸣是什么原因呢？

2 寻访明湖十景

明湖有四谜：蛙不鸣，蛇不现，久旱不涸，恒雨不涨。湖畔水鸟多，蛇不敢出没。湖底岩浆岩质地细密，使湖水无法下陷，久旱不涸。众多出水口让大明湖恒雨不涨。但蛙不鸣至今是未解之谜。

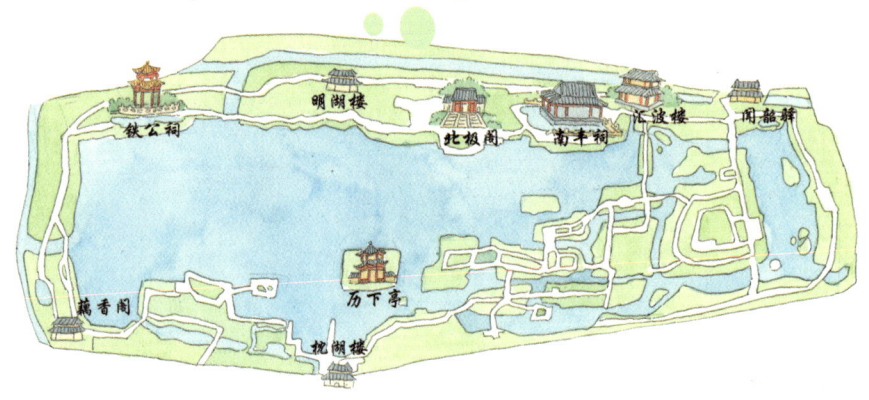

3 登千佛山

千佛山古称历山，相传上古虞舜帝躬耕于此。位于千佛山北麓的万佛洞是一大胜景。它云集了许多石窟的精华，3万余座佛像为后人打开佛教艺术灿烂光辉的大门。

· 李清照 ·

4 参观李清照故居

李清照是婉约派代表词人，少女时代的李清照跟随父母在济南生活，她曾作一首《如梦令》，写她乘船惊动鸥鹭的趣事。

5 济南美食之旅

鲁菜是八大菜系之一，历来传承有序。生长于大明湖畔的蒲菜，用奶汤烧制，再加上济南特产葱椒烧酒，便成济南第一汤菜"奶汤蒲菜"。黄河中的鲤鱼同样上了济南人的餐桌，糖醋调味的秘诀，已在食谱中流传千年。

糖醋黄河鲤鱼

泉城大包

炸鸡

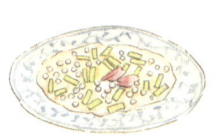
奶汤蒲菜

◆ 拓展阅读 ◆

趵突泉

宋·曾巩

一派遥从玉水分，暗来都洒历山尘。
滋荣冬茹湿常早，润泽春茶味更真。
已觉路傍行似鉴，最怜少际涌如轮。
曾成齐鲁封疆会，况托娥英诧世人。

诗词美文

"天下第一山"泰山山势奇绝,巍峨险峻,日出、云海、夕照让人神往。杜甫前往泰山游历,也禁不住心胸激荡,生出了凌云壮志。

望岳

唐·杜甫

岱宗夫如何?齐鲁青未了。
造化钟神秀,阴阳割昏晓。
荡胸生曾云,决眦入归鸟。
会当凌绝顶,一览众山小。

【注释】
1. 岱(dài)宗:即泰山。
2. 阴阳:阴指山的北面,阳指山的南面。
3. 曾:同"层",重叠。
4. 决眦(zì):形容眼睛张大几乎要裂开。

东岳泰山到底有多雄伟壮丽？挺拔苍翠的山脉延绵不断，横跨了整个齐鲁大地。大自然把所有的瑰丽和神奇都给了泰山，让泰山聚集了天地之灵气，壮美异常。山势陡峭，高峻的山峰遮天蔽日，将山北和山南分割成了阴阳两部分，就如同傍晚和清晨一样。

　　我抬头望去，无尽的阶梯直通云霄，隐匿在云层中，云气翻涌升腾，重重叠叠，缥缈变幻，更为泰山增添了一丝神秘和庄严肃穆。山上的松柏郁郁葱葱，屹立在悬崖峭壁。这美景让人心胸激荡，热血沸腾。极力张大眼睛望去，鸟儿们张开的翅膀雄健有力，羽毛乌黑油亮，叫声威猛，响遏行云。那气势仿佛要破开云层，直冲云霄。

　　我定要登上泰山顶峰，站在最高点俯瞰矮小的群山，感受这天地一览无遗的高旷气势！

研学攻略

研学目标： 游览泰安的自然风光，感悟古人的治国情怀。

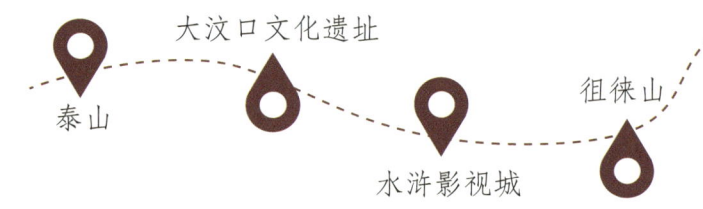

> 你读过哪些描写泰山的诗歌？

1 登泰山看日出

泰山乃五岳之首。《史记集解》记载："天高不可及，于泰山上立封禅而祭之，冀近神灵也。"泰山主峰海拔达1545米，耸立于山东半岛，宛若与天相接。古人对泰山的崇拜，是中国古代"天人合一"思想的完美体现。

> 大汶口人的审美意识是从哪里体现的呢？

2 探寻大汶口文化遗址

大汶口文化属新石器时代晚期文化，这一时期，人类步入父系氏族社会。大汶口人已学会圈养猪、牛和羊，并初步拥有了审美意识。和现代人截然不同，大汶口人有青春期拔牙的风俗呢！

3. 参观水浒影视城

响亮的《好汉歌》传遍天南海北,水浒影视城复原了一个豪壮的英雄世界。如果你是水浒迷,一定要来水浒影视城走一走,王婆的小店和太师府,准会让你加深对故事的理解。

4. 登徂徕山

徂徕山的松树粗壮结实,《诗经·鲁颂》记载,鲁国人用它建造高大的宫殿。李白来到山东时,居住在徂徕山上。

5. 泰安文化美食之旅

逢年过节,泰安居民都会在窗上贴红彤彤的剪纸。传承千年的民间艺术,在泰安农妇的手下,绽放旺盛的生命力。著名的"泰安三美"——水、白菜、豆腐,清淡中更见泰安滋味。

肥城桃

泰山剪纸

泰山火烧

泰安三美

◆ 拓展阅读 ◆

泰山吟

东晋·谢道韫

峨峨东岳高,秀极冲青天。
岩中间虚宇,寂寞幽以玄。
非工复非匠,云构发自然。
器象尔何物?遂令我屡迁。
逝将宅斯宇,可以尽天年。

诗词美文

曲阜是鲁国国都,孔子故里,也是诗仙李白和诗圣杜甫久别重逢之地。两位伟大的诗人相见恨晚,难得重聚却又要别离,这种感伤唯有饮酒大醉才能开解了。

鲁郡东石门送杜二甫

唐·李白

醉别复几日,登临遍池台。

何时石门路,重有金樽开。

秋波落泗水,海色明徂徕。

飞蓬各自远,且尽手中杯。

【注释】

1. 石门:山名,在今山东曲阜县东北。
2. 金樽(zūn)开:指开樽饮酒。
3. 泗(sì)水:山东省的一条河流,发源于蒙山。
4. 徂(cú)徕(lái):山名,在今山东泰安市东南。

与杜甫痛饮大醉而别刚过去几日，鲁郡一带的古迹名胜，亭台楼阁几乎都被我们游览遍了。不知道什么时候能再次同游这石门山，探访山中幽静的寺院，在山后的石亭中举杯换盏，痛快饮酒，观流水潺潺而过，看山意葱翠静雅。

　　漾漾的秋波摇荡在眼前的泗水中，熠熠的海色映亮了远方的徂徕山。这山明水秀的如画风景里，传来山寺的隐隐钟声。我们曾经在此多次饮酒作诗，你赞我意气飞扬，狂放飘逸，我敬你忧患世人，笔下有乾坤。我们实在难舍难分，心中翻涌着无限的惋惜。

　　多希望能与你再见哪，能再在这石门山上，观摩碑刻，高歌作曲，快意生活。我们如今一分别，转头就像飘飞不见的蓬草一样，各自奔向天涯，飘零远去了。来吧，喝完这杯吧，让我们把离别的伤感都倒进酒里，一饮而尽。

研学攻略

研学目标： 了解以孔子为代表的儒家思想，感悟孔子的求学授业精神。

孔府　孔庙　孔林　杏坛剧院

> 你知道孔子门下有哪些弟子吗？

① 参观孔府

孔子创立的儒家思想数千年来一步步成为中国的主流思想，他的后人受到他的福泽，得以修筑规模庞大的孔府。明朝嘉靖时期，曲阜新城将孔府圈入城中，孔府外从此有了护城墙和护城河。

> 你认为祭祀孔子的意义在哪里？

② 到孔庙祭孔

孔庙最初由孔子故居改建，历经千年，几度浩劫，保留了大致的格局。孔庙里最引人瞩目的是杏坛。杏坛是孔子为学生授业解惑的地方，杏树也因此成为教师的象征。

❸ 游览孔林

孔林是孔子及其后裔的墓地,乌鸦群常在孔林外徘徊却不入。为什么呢?原来孔林中的楷树、桧柏和槲树会散发乌鸦最讨厌的气味,乌鸦因此不入孔林休息了。

❹ 去杏坛剧院听戏

剧院内,一出出以孔子生平及其思想为主题的歌舞剧上演,带你回到先秦时期,属于诸子百家的时代……

❺ 曲阜地方文化与特产

每年9月26日至10月10日,曲阜都会举行祭孔大典。恢弘的庙堂祭祀乐舞,恍若回到明朝"万古衣冠拜素王"的盛景。孔子的后人给曲阜留下了孔府宴,严谨的饮食礼仪,丰美的佳肴,真令人称奇!

祭孔大典　孔府宴

曲阜香稻

果旦杏

◆ 拓展阅读 ◆

奉和圣制经孔子旧宅

唐·张九龄

孔门太山下,不见登封时。
徒有先王法,今为明主思。
恩加万乘幸,礼致一牢祠。
旧宅千年外,光华空在兹。

诗词美文

青岛的崂山在古人眼里历来神秘,大海、巨峰和云雾给青岛增添了几丝神秘。到崂山寻仙为古人津津乐道,诗仙李白也在此地有一番奇遇……

寄王屋山人孟大融

唐·李白

我昔东海上,劳山餐紫霞。

亲见安期公,食枣大如瓜。

中年谒汉主,不惬还归家。

朱颜谢春辉,白发见生涯。

所期就金液,飞步登云车。

愿随夫子天坛上,闲与仙人扫落花。

【注释】

1. 东海:即现在的黄海。
2. 安期公:传说琅琊郡隐士。
3. 谒(yè):拜见。
4. 汉主:唐朝人避尊者讳,实指唐朝皇帝。
5. 不惬(qiè):不乐意。

昔日，在苍茫的东海上，我看见过神仙居住的崂山。崂山周围都被紫色的祥云笼罩住了，仙山在云雾中若隐若现。我循着路径寻过去，踏上崂山。山上垂着缎带一般的瀑布，怒吼奔腾而下，水花飞溅，映照出绚丽的彩虹。山上花香满路，色彩斑斓，没有春秋之分。

我拾级而上，以山上的紫霞和朝露为食。在山顶见到了得道成仙的安期公，他须发全白，精神矍铄，还招呼我饮茶吃果。他吃的枣比我们平常吃的瓜还大上几分，口感甘甜清冽，我终身难忘。

我在不惑的年纪曾拜见过天子玄宗皇帝，他沉湎于声色犬马，却让我为他歌功颂德，我一腔抱负难以实现，仰天大笑离开，从此寄情山水，以苍天为盖，大地为庐，和鸟兽虫鱼为伴，放浪形骸。

青春年华已经逝去，眼看着我的鬓角都生了白发，仕途不再有望。我所期望的唯有得道成仙，不问世事，也能像仙人一样在天上腾云驾雾，闲时跟仙人们下下棋，扫扫落花罢了。

研学攻略

研学目标： 了解青岛的地理环境，思考如何科学有效地进行海滨资源开发。

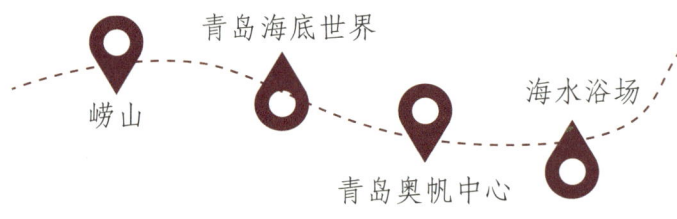

> 崂山有哪些美丽传说？

1 登崂山，观大海

"泰山虽云高，不如东海崂。"海雾缭绕的崂山，被古人奉为仙山。浓厚的道教文化氛围，更给崂山增添一抹神秘色彩。来到景区，脚下溪水潺潺，远处薄雾如流。传说蒲松龄就是在太清宫写出了《崂山道士》。

> 你能列举出哪些海洋生物？

2 游览青岛海底世界

海洋生物在哪里？来青岛海底世界看一看。踏上废弃的海盗船，船舱微微晃动，美丽的海洋生物以悠然的姿态在海底游走，令人难以忘怀……

3 参观青岛奥帆中心

青岛奥帆中心是中国举办帆船赛事的重要场馆。这里采用了"海水空调"技术,海水是场馆的冷热源,也承载了帆船爱好者追逐风浪的梦想。

4 来海水浴场享受日光浴

百年以前,青岛海滨修建了第一座海水浴场,从此这里便成为青岛人的乐园。挑一个灿烂的天气,和家人一起去浴场度过周末吧!

5 青岛民俗文化之旅

青岛萝卜会和海云庵糖球会是青岛有名的民俗庙会。庙会寄托了青岛人美好的祝愿,而年轻人的饮食则讲一个痛快,吹着海风,喝啤酒,挑选新打捞的海产,做一道肉末海参,这就是青岛的惬意生活。

青岛萝卜会　　青岛啤酒

海云庵糖球会

肉末海参

◆ 拓展阅读 ◆

海上

唐·李商隐

石桥东望海连天,徐福空来不得仙。
直遣麻姑与搔背,可能留命待桑田。

更多城市等你探索

◆ 大连 ◆
渤海之畔，黄海之滨

旅顺怀古
清 · 乔有年

矗立金山海气横，唐家曾此驻雄兵。
铭功千载鸿胪井，酣战三军牧羊城。
地接辽金留胜迹，波连齐鲁渡王京。
而今日暮散风雨，犹似当年击柝声。

◆ 烟台 ◆
人间仙境，世外蓬莱

登蓬莱阁
宋 · 韦骧

行尽东州到此州，登临更尽北山头。
孤城突兀连沧海，三岛参差耸暮秋。
广座下疑鳌负石，危檐远学蜃为楼。
蓬莱方丈虽冥邈，高阁今朝亦胜游。

◆ 唐山 ◆
孤竹国域，千古滦州

开平夜雪
清 · 顾学潮

风声吹夜急，雪色趁朝探。
可是春非腊，须知北异南。
入沙融较易，占岁老尤谙。
宜麦寒无碍，男耕女不蚕。

◆ 承德 ◆
紫塞明珠

安远庙
清·乾隆

东岭琳宫接，题门各有名。
匪尊不二法，缘系众藩情。
佛日迎薰朗，慧云收雨征。
金川兹武定，安远永销兵。

◆ 宝鸡 ◆
太白积雪六月天

晓过凤岭二首（其一）
唐·杜甫

霜寒曙景动，戴月陟层巅。
马足低临树，峰腰侧见天。
云光开竹石，秋色老林泉。
回首山城里，稀疏出晓烟。

◆ 石家庄 ◆
天下雄胜，拱桥之先

安济桥
宋·杜德源

驾石飞梁尽一虹，苍龙惊蛰背磨空。
坦途箭直千人过，驿使驰驱万国通。
云吐月轮高拱北，雨添春色去朝东。
休夸世俗遗仙迹，自古神丁役此工。

图书在版编目（CIP）数据

跟着诗词去旅行. 帝都风云 / 白鳍豚文化著. -- 北京：中国致公出版社, 2019（2024.7 重印）
ISBN 978-7-5145-1398-1

Ⅰ. ①跟… Ⅱ. ①白… Ⅲ. ①古典诗歌－诗歌欣赏－中国－少儿读物②地理－中国－少儿读物 Ⅳ. ① I207.2-49 ② K92-49

中国版本图书馆 CIP 数据核字（2019）第 135605 号

本书由白鳍豚文化委托知音传媒股份有限公司知音动漫有限公司正式授权中国致公出版社，在中国大陆地区独家出版中文简体版本。未经书面同意，不得以任何形式转载和使用。

跟着诗词去旅行. 帝都风云 / 白鳍豚文化著

出　　版	中国致公出版社	
	（北京市朝阳区八里庄西里 100 号住邦 2000 大厦 1 号楼西区 21 层）	
出　　品	知音动漫图书	
	（东湖路 179 号）	
发　　行	中国致公出版社（010-85869872）	
作品企划	知音动漫图书·童心坊	
项目策划	李　潇　周寅庆	
责任编辑	付　阳　周寅庆　李　爽	
装帧设计	郑雨薇	
插图绘制	白鳍豚文化　胡　龙　胡思琪	
印　　刷	武汉精一佳印刷有限公司	
版　　次	2019 年 8 月第 1 版	
印　　次	2024 年 7 月第 4 次印刷	
开　　本	787mm×1000mm 1/16	
印　　张	6.5	
字　　数	74 千字	
书　　号	ISBN 978-7-5145-1398-1	
定　　价	36.00 元	

版权所有，盗版必究（举报电话：027-68890818）
（如发现印装质量问题，请寄本公司调换，电话：027-68890818）